AF358347

Vente du Lundi 16 Février 1880

HOTEL DROUOT, SALLE N° 5.

OBJETS DE LA PERSE

CUIVRES — DAMAS — COFFRETS

FAIENCES

ÉTOFFES ET TAPIS

EXPOSITION PUBLIQUE

Le Dimanche 15 Février 1880

DE UNE HEURE A CINQ HEURES

COMMISSAIRE-PRISEUR
Mᵉ CH. PILLET
10, rue de la Grange-Batelière

EXPERT
M. CH. MANNHEIM
7, rue Saint-Georges

CATALOGUE

DES

OBJETS DE LA PERSE

Cuivres — Damas — Coffrets

Faïences

Trente Plats de Rhodes

Étoffes et Tapis

DONT LA VENTE AURA LIEU

HOTEL DROUOT, SALLE N° 5

Le Lundi 16 Février 1880,

A DEUX HEURES.

Par le ministère de M⁰ **CHARLES PILLET**, Commissaire-Priseur,
10, rue de la Grange-Batelière,

Assisté de **M. CHARLES MANNHEIM**, Expert,
7, rue Saint-Georges.

Chez lesquels se trouve le présent Catalogue.

EXPOSITION PUBLIQUE, le Dimanche 15 Février 1880,
de une heure à cinq heures

CONDITIONS DE LA VENTE

Elle sera faite au comptant.

Les adjudicataires payeront *cinq pour cent* en sus des enchères.

L'exposition mettant le public à même de se rendre compte de l'état des objets, il ne sera admis aucune réclamation une fois l'adjudication prononcée.

Paris. — Typ. PILLET et DUMOULIN, 5, rue des Grands-Augustins.

DÉSIGNATION DES OBJETS

OBJETS EN CUIVRE

1 — Deux grands vases à couvercle en cuivre gravé et à bandes en spirale repercées à jour.

2 — Vase en forme de balustre en cuivre gravé et repercé à jour.

3 — Jardinière ronde de suspension en cuivre gravé et repercé.

4 — Deux paons en cuivre gravé, à figures, ornements et inscriptions. Leurs ailes sont repercées à jour.

5 — Deux autres paons plus petits, en cuivre gravé et repercé à jour, et enrichis de turquoises incrustées.

6 — Vase en forme de bouteille en cuivre gravé et repercé à jour, et incrusté de turquoises.

7 — Deux flambeaux persans en cuivre gravé et repercé à jour.

8 — Grande lanterne pliante avec monture en cuivre, gravé et repercé à jour.

9 — Deux vases en forme de balustre, en cuivre gravé et repercé à jour.

10 — Deux vases analogues à ceux qui précèdent .

11 — Deux vases en forme de potiche à couvercle, en cuivre, gravé à figures, ornements et inscriptions et repercé à jour.

12 — Deux vases en forme de bouteille, à col allongé, à couvercle en cuivre gravé, à figures et ornements.

13 — Deux vases à panse sphérique et à couvercle en cuivre, gravé à figures et ornements.

14 — Plateau rond en cuivre, gravé à figures et ornements.

15 — Coffret oblong à angles coupés en cuivre gravé, à personnages, ornements et inscriptions.

16 — Coupe ronde sur piédouche en cuivre gravé, à figures et ornements. Le bord supérieur est garni de clochettes.

17-18 — Quatre petites coupes rondes en cuivre gravé, à figures, ornements et inscriptions, et couvercle repercé à jour.

19 — Deux buires à panse piriforme en cuivre, gravé à fleurs, oiseaux et ornements.

20 — Deux cafetières de même travail.

21 — Deux flambeaux à collerettes plissées, en cuivre gravé, à fleurs et ornements.

22-25 — Huit petits vases à couvercles, de formes variées, en cuivre, gravé et repercé à jour. Ils seront vendus par deux.

26 — Réchaud à couvercle en forme de dôme en cuivre étamé repercé à jour.

27 — Deux petites coupes rondes en cuivre gravé, à figures et ornements.

28 — Petite boîte ronde et plate en cuivre enrichi d'incrustations d'argent.

OBJETS EN DAMAS

29 — Deux vases en forme de carafe, à long goulot et à couvercle en damas ciselé, à fleurs et ornements et enrichis de dorure.

30 — Corbeille de derviche, de même travail.

31 — Pince à feu en damas ciselé et doré.

32 — Paire de balances en damas.

FAIENCES

33 — Grande plaque rectangulaire en hauteur, en faïence de Perse, à sujet de personnages en bas-relief émaillé en couleur. Elle représente une scène de festin.

34 — Deux plaques de revêtement en faïence de Perse, à figures et fleurs en relief, émaillées en couleur sur fond bleu.

35 — Plaque carrée de même travail, représentant cinq paons dans diverses attitudes.

36 — Deux plaques rectangulaires en hauteur, représentant des cavaliers.

37-66 — Trente plats en ancienne faïence de Rhodes, à décors variés.

OBJETS VARIÉS

67 — Cartouchière en étoffe et ivoire.

68 — Peinture représentant des figures de femmes, et enrichie de paillons rapportés.

69 — Deux boîtes à miroirs, décorées de peintures.

70 — Deux corbeilles oblongues, sur piédouche, en bois sculpté et repercé à jour.

71-74 — Lot de cuillers en bois sculpté et repercé à jour.

75 — Deux encriers en bois sculpté, formant boîtes.

COFFRETS

76 — Coffret, formant cabinet à l'intérieur, entièrement couvert de riches incrustations de bois et d'ivoire, représentant des fleurs et des personnages. Ancien travail indien.

77 — Grand coffre ou cabinet analogue à celui qui précède.

78 — Très petit coffre de même travail, décoré de fleurs et de feuillages.

79 — Petit meuble-cabinet en bois peint et doré, représentant des sujets de chasse.

80 — Coffret formant cabinet, en mosaïque de Bombay.

81 — Autre coffret de même travail.

82 — Boîte rectangulaire à couvercle bombé, en mosaïque de Bombay.

83 — Cadre de miroir de même travail.

84 — Miroir avec cadre, en mosaïque de Bombay.

ÉTOFFES

85 — Grand tapis ou châle en cachemire de Kerman, à riche dessin à palmettes, rosace et oiseaux sur fond rouge.

86 — Petit tapis analogue à celui qui précède.

87 — Tapis en velours ponceau brodé en or et en argent, à rosaces, fleurs et ornements.

88 — Autre joli tapis en velours ponceau, richement brodé en soie de couleur et argent, à fleurs et ornements.

89 — Tapis en velours noir, richement brodé en soie de couleurs et or, à fleurs, rinceaux et soleils.

90 — Autre tapis en velours noir, brodé en soie de couleurs et or, à vase de fleurs, bordures de fleurs et attributs divers.

91 — Tapis en velours noir, brodé à fleurs, oiseaux et
ornements en soie de couleur et or.

92 — Tapis en soie ponceau, brodé en soie de couleurs et
or, à rosaces, fleurs arabesques et écoinçons.

93 — Tapis carré en soie bleue clair, brodé en soie de
couleurs et or, à fleurs arabesques.

94 — Autre tapis en soie bleu clair, brodé à fleurs arabesques en soie et or.

95 — Tapis en tulle brodé, en soie de couleurs, à fleurs et
poissons.

96 — Bande en soie saumon, brodée en soie à paillons
à palmettes.

97 — Petit tapis carré, de même travail que celui qui
précède.

98 — Portière en soie bleu, à palmes lamées d'or.

99 — Petit tapis carré en soie ponceau brodé en or à
palmettes.

100 — Lot de morceaux d'étoffes diverses.

101 — Tapis en drap rouge brodé, à figures et attributs divers, avec encadrements d'ornements sur fond rouge et bleu.

102 — Tapis de Recht, richement brodé en soie de couleurs à fleurs, oiseaux et bustes sur fond varié de nuances.

103 — Autre tapis de Recht à petits compartiments brodés à fleurs, sur fond varié de nuances.

104 — Petit tapis en coton blanc, brodé à fleurs et ornements en soie de couleurs.

105 — Autre tapis en coton blanc, brodé à fleurs, avec rosace au centre.

106 — Autre tapis en coton blanc, brodé en soie jaunâtre, à fleurs et ornements.

107-109 — Lot de pantoufles, gants, étuis de montres et calottes, brodés en soie et or. Ce lot sera divisé.

TAPIS

110-120 — Divers tapis d'Orient, à dessins variés.

www.ingramcontent.com/pod-product-compliance
Lightning Source LLC
LaVergne TN
LVHW010847180726
843502LV00009B/3763